D1180074

Los colores
de Mateo

MONTAÑA
ENCANTADA

Para Dolores, el hada invisible de este cuento.
A Carmen, mi querida amiga.
Y a Mateo, el niño que necesitábamos.
                    Marisa López Soria

Para mi hija Alicia y el abuelo Jan.
Para Simón.
                    Katarzyna Rogowicz

Marisa López Soria

Ilustrado por Katarzyna Rogowicz

Los colores de Mateo

EVEREST

Mateo es un niño de color.

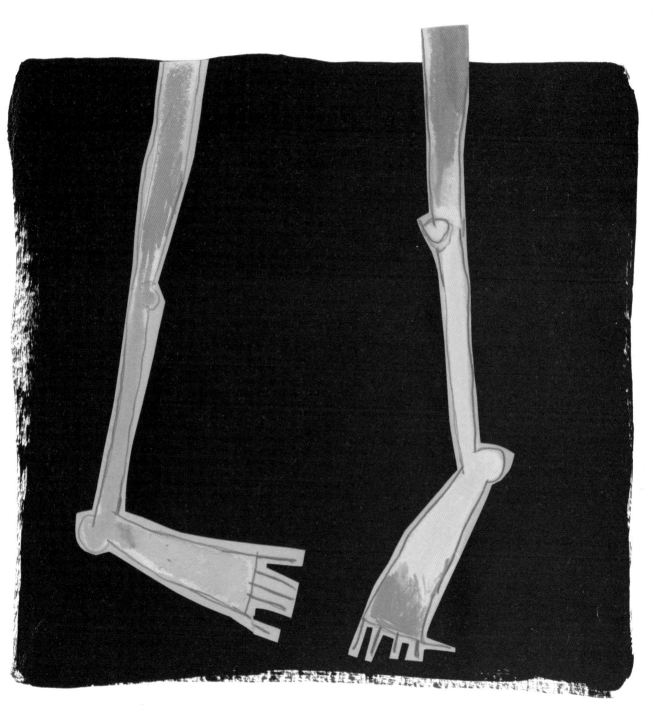

Pero no de color rojo…

Ni verde...

9

Ni azul...

Ni tan siquiera amarillo…

O con topitos…

Mateo es un niño
de color negro.

Mateo es negro como la noche. Y oscuro como un misterio.

Mateo tiene la piel tostada, color azabache y bruna, y es por eso que en su cara resplandecen las dos lunas de sus ojos, farolillos que le alumbran la sonrisa clara.

A Mateo le complace el sonido de las palabras con las que su madre lo nombra.

Azabache.

—¿Qué cosa es el azabache, mami?

—El azabache, Mateo, es un mineral especial, de una tonalidad de negro tan hermoso, que se utiliza para hacer joyas.

—Aaaaaaaaah.

A Mateo le gusta que su madre lo compare con ese carboncillo.

—Aunque, seguramente también te agradará saber, Mateo, que el azabache es un pájaro pequeño, con el lomo de color ceniciento oscuro, y la cabeza y las alas negras…

—¡Un pájaro!

Qué suerte tiene Mateo de parecerse a un pájaro.

Y bruno.

—También, Mateo, eres bruno —le susurra su mamá—. Como el árbol bruno de la finca de la tía Margarita, el que cada verano nos regala sabrosas ciruelas negras.

Sonríe Mateo de saberse como la fruta redonda, rica ciruela morena...

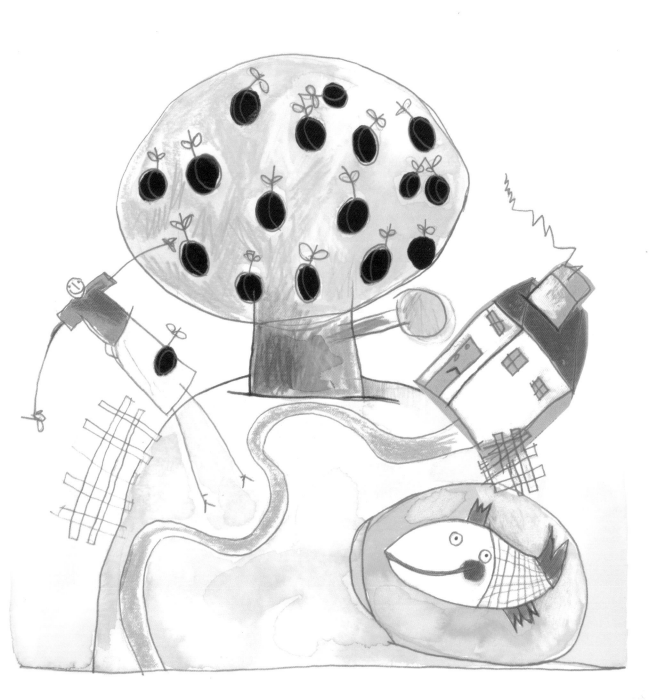

Mateo tiene una mamá que le canta nanas y le cuenta historias, la historia de la vida de Mateo, que él escucha prestando gran atención.

—¿Sabes, Mateo?

Y a la mamá de Mateo se le pone la voz suaaaave, como de contar:

—Tú naciste en una isla lejana del Caribe. Una isla preciosa, donde la vegetación desborda a las montañas y los cocoteros se acercan hasta la playa para acariciar el agua cristalina.

—Allá, Mateo —repite su nombre la mujer mientras lo abraza—, los hombres y mujeres tienen la piel canela, y caminan que parece que danzan entre las plantas de bananas, el cacao y la dulce caña del azúcar.

Por la noche suelen cantar nostálgicas canciones para que sean buenos el volcán y el huracán; para que duerman tranquilos el papagayo, la tortuga y el caimán…

Mateo ya lo sabe.

Aquella señora de la isla no podía cuidar de Mateo.

—Ella, que también te quería muchísimo, me pidió que yo me ocupara de ti —le dice su mamita blanca—. Y así es que ahora soy yo tu mamá.

El niño desea escuchar más.

—Ay, Mateo, aquél fue un gran día para mí. No te imaginas qué emoción enorme cuando te conocí y te tomé entre mis brazos. Estaba tan contenta de que fueras mi hijo, Mateo, que me puse a llorar de felicidad. ¡Nunca había visto un bebé tan precioso como tú!

Cuando él sea grande, sueña Mateo, irá allá, navegando en su canoa, hasta llegar a la lejana isla y se subirá en los árboles más altos para deslizarse después hasta la playa como por un tobogán. Allí, seguramente, entre animales salvajes y peligrosas plantas carnívoras vivirá mil aventuras con final feliz, y, a lo mejor, hasta puede que haga amistad con un mono, igual que Tarzán.

Y Mateo, al que le gusta que su mamita blanca lo arrulle y le diga todas las palabras que sabe de la historia de su vida, se deja mecer por el dulce murmullo,

como si esa voz fuera

el viento cálido que mueve las amapolas y el trigo

o un pájaro pinto que anida

en lo más hondo de su corazón.

El niño es adoptivo, ¿no?

—Así es que ahora y para siempre eres mi hijo. ¿Qué te parece, Mateo?

—¡¡Bien!!

A Mateo le parece estupendo.

Sí, Mateo ya sabe que él es un niño adoptado.

Pero no le gusta oírselo decir al vecino del tercero cuando suben en el ascensor:

—El niño es adoptivo ¿no?

Naturalmente que Mateo es adoptado.

Pero eso mismo a Mateo, el interesado, le encanta explicarlo a sus compañeros de clase haciéndose el interesante.

—Yo no soy biológico, soy un hijo adoptado.

Todos lo miran con ojos asombrados, ojos de niños blancos que no se parecen a las lunas llenas que Mateo tiene brillando en la cara.

—¡Córcholis! ¡Qué suerte! —exclaman admirados.

Otras veces, Mateo no se conforma, y entonces juega.

Juega Mateo a que él es un niño que nació de un huevo redondito.

Así, bien tapado, acurrucado, se protege en el interior del albornoz.

¡Toc, toc, toc!

¡Cataplof!

Ahora saldrá de su cáscara blanca para sorprender a la madre.

—¡Eh!, soy yo, mami, soy tu propio hijo, ¿ves? he nacido…

La madre rosada y de nácar lo besa y lo abraza.

—Mateo, mi niño.

Su mamá es tan clara…

Mateo va a un colegio cercano.

Tan cercano que desde el balcón de su casa puede verse el patio de recreo.

Un día la mamá de Mateo se ha asomado a la barandilla para ver jugar a su niño a la hora del recreo.

¿Y qué es lo que ha visto?

¡Qué horror!

Mateo está peleándose con otros niños.

Mamá sabe que pelearse no está bien, pero espera a que Mateo vuelva del colegio, y espera a que Mateo meriende, y espera a que Mateo juegue, y espera a que Mateo cene, y espera a que Mateo se duche y se acueste.

Y cuando Mateo está ya calentito entre sus sábanas y su mamá le ha leído un bonito cuento, le dice:

—Hoy, desde el balcón de casa, he visto cómo en el patio te peleabas con tus amigos. Eso no está ni medio bien, me gustaría saber qué ha pasado…

—Nada.

—¿Te peleabas por nada, Mateo?

—Sí, por nada —contesta tozudo el chiquillo, que no quiere contar que Oscar y Jaime le han llamado negro.

Así que Mateo tiene que escuchar todo lo que su mamá continúa diciéndole:

—Pues que sepas que pelearse es una gran tontería porque al final todo el mundo se hace daño. Además, ser negro no es nada malo —le adivina la madre el enfado—. Al revés, sólo tienes que explicarles que ser diferente es bonito.

Realmente a Mateo no le molesta escuchar a su mamá todo lo que ella le tiene que sermonear, bla, bla, bla, bla, bla, bla, sobre los empujones y la violencia, y lo feísimo que está enojarse con los amigos, cuando lo mejor sería hacerse cosquillas en los pies o jugar al balón, en vez de andar a la greña con esos modos.

Qué guapa es su mamá, piensa Mateo mientras la mira embobado y escucha con atención los debidos reñimientos. Aunque le reprenda, nunca deja de ser como un plácido atardecer a orillas de un río, como un paseo en barco por el mar en vacaciones, o, incluso, como un helado doble, de fresa y pistacho.

Mateo decide que ya nunca, para siempre jamás, volverá a reñir con Oscar ni con Jaime, ni con nadie. Así que la próxima vez, sencillamente, lo dirá:

—Mi nombre es Mateo, y no me gusta cuando me llamáis negro. Soy negro porque soy de otro país.

Para que lo sepan.

Para que se enteren.

Y Mateo, que es un niño con la piel del color de la noche, de las ciruelas y de los pájaros...

… le sonríe a su madre con una boca de dientes tan blancos, que en su cara alegre se dibuja media luna mora.

Y su mamá, esta mamá tan cercana y suya que Mateo tiene aquí, junto a él, para cuidarlo y quererlo, aunque no sea negra…

Ni roja…

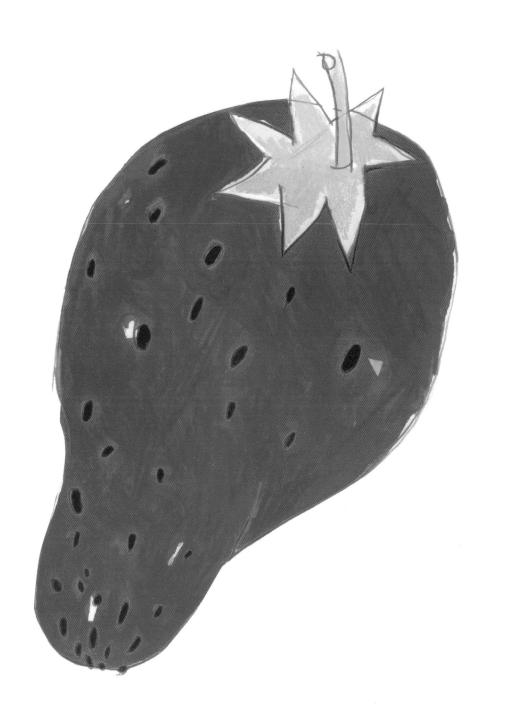

Ni verde...

Ni azul…

Ni amarilla…

... esta mamá que ni tan siquiera es capaz de tostarse, marrón, bajo el sol, lo abraza y le dice:

—Mateo, hijo, ¡te quiero tanto!

—¿Cuánto, mami?

—¡De todos los colores, Mateo!

Dirección editorial: Raquel López Varela
Coordinación editorial: Ana María García Alonso
Maquetación: Cristina A. Rejas Manzanera
Diseño de cubierta: Jesús Cruz

TERCERA EDICIÓN

© del texto, Marisa López Soria
© de la ilustración, Katarzyna Rogowicz
© EDITORIAL EVEREST, S. A.
Carretera León-La Coruña, km 5 - LEÓN
ISBN: 84-241-8029-1
Depósito legal: LE. 685-2003
Printed in Spain - Impreso en España
EDITORIAL EVERGRÁFICAS, S. L.
Carretera León-La Coruña, km 5
LEÓN (España)
www.everest.es